ESSAI

SUR

Les moyens de réunir tous les esprits, rapprocher tous les cœurs, consacrer tous les droits, tracer tous les devoirs, déjouer tous les complots, comprimer toutes les factions, enchaîner le despotisme, paralyser l'anarchie, substituer les principes d'une liberté PURE *et d'une* SAINE *politique aux erreurs de la démagogie et aux subtilités du machiavélisme; supprimer tous les tributs gênans et vexatoires; répartir les contributions d'une manière* VRAIMENT *équitable et proportionnelle; accroître les revenus de l'Etat, en diminuer les dépenses; assurer le paiement de la dette publique; abolir la mendicité; accorder une retraite à tous les fonctionnaires que la loi prive de leurs places; pensionner les émigrés, leurs enfans et tous ceux des malheureuses victimes de la révolution, dont les biens ont été confisqués ou vendus; favoriser la population, l'agriculture, le commerce et l'industrie; faire le bonheur du peuple, assurer celui du monarque, ajouter,* S'IL SE PEUT *, un nouveau lustre à sa gloire, et lui garantir enfin, ainsi qu'à ses successeurs, le respect, la reconnaissance et l'amour du peuple français.*

PAR C. M. ROUVIER, ancien jurisconsulte.

« On le peut, je l'essaie; un plus savant le fasse. »

LA FONTAINE.

I

Un écrivain célèbre, surnommé, à juste titre, le *législateur des nations*, a dit : « Le despotisme et « l'anarchie s'introduisent dans un Etat; soit lors- « que le Corps législatif est un temps considérable

« sans être assemblé ; soit lorsque la puissance
« législative est réunie à la puissance exécutive ;
« soit enfin lorsque le même homme exerce ces
« trois pouvoirs ; celui de faire des lois ; celui
« d'exécuter les résolutions publiques ; et celui
« de créer des tribunaux pour juger les crimes et
« les différens des particuliers. » (*Esprit des lois ,*
liv. 2, *ch.*3 , *liv. II , ch.* 6.)

De ces vérités, dont vingt-trois ans d'expérience
ne nous ont malheureusement que trop bien convaincus , il résulte , de toute évidence , que si *le
despotisme et l'anarchie s'introduisent chez un
peuple,* dans les cas que le président de Montesquieu
a rapportés , les deux fléaux dont il s'agit , doivent, à bien plus forte raison, exercer leur redoutable empire dans un royaume où le Monarque,
indépendamment des pouvoirs immenses qui lui
sont dévolus comme chef suprême de l'administration générale , aurait en outre le droit de « dé-
« clarer la guerre, faire des traités de paix , d'al-
« liance et de commerce, exercer la puissance
« législative avec la Chambre des pairs et la Cham-
« bre des députés des départemens ; proposer la
« loi, la sanctionner et la promulguer ; convoquer
« les deux Chambres, les proroger et les dis-
« soudre ; nommer les pairs de France à vie ou
« les rendre héréditaires ; nommer en outre les
« présidens de la Chambre des pairs, de la Chambre
« des députés et des colléges électoraux ; les juges,

« et tous lss fonctionnaires publics, ainsi que s'en
« expliquent les articles 14, 15, 16, 22, 27, 29,
« 41, 43, 57 et 71 de la Charte constitutionnelle
« du 4 juin 1814. »

Comme notre auguste Monarque, « qui ne veut
régner que par des lois *justes* et *sages*, » a expressement déclaré dans son ordonnance relative à la
convocation des corps électoraux, que plusieurs
articles de celle du 4 juin 1814, subiraient des
modifications ; et qu'il est permis à tout citoyen
de « publier et de faire imprimer ses opinions, en
« se conformant aux lois qui doivent reprimer les
« abus de cette liberté » ; je me plais à croire,
sous ces deux rapports, qu'on ne me fera point
un crime d'*ébaucher* quelques articles qui, en
mon ame et conscience, et sans arrière pensée
d'aucune espèce (*), me paraissent les plus propres
dans les circonstances pénibles où se trouve aujourd'hui la France, à remédier à une partie de
ses maux, en cicatriser les plaies, et remplir conséquemment les vues libérales et paternelles de
Sa Majesté.

ARTICLE PREMIER,

La déclaration du 2 mai 1814, sera suivie et
exécutée selon sa forme et teneur. Il est, en con-

(*) Parvenu à un âge très-avancé, peu jaloux des honneurs, et *satis-
fait de mon humble fortune*, je déclare et j'adjure, sur tout ce qu'il y
a de plus sacré, que ma *seule* ambition se borne à voir la France libre,
heureuse et florissante, avant que de descendre au tombeau.

séquence, expressément dérogé aux lois ancien-
nés et modernes qui ne seraient pas conformés à
sés dispositions.

Motif.

Si nous proposons d'ajouter cet *article* à ceux qui doivent
être maintenus et conservés dans la Charte constitutionnelle
du 4 juin 1814, c'est parce que la déclaration du 2 mai précédent est, en législation et en politique, la loi la plus sage
et le projet de constitution le plus parfait, que l'esprit hu-
main aient enfantés.

ART. 2. Le gouvernement est représentatif,
monarchique et héréditaire de mâle en mâle par
ordre de progéniture. Il se compose de trois pouvoirs absolument distincts et indépendans les uns
des autres : savoir, le pouvoir législatif, le pouvoir exécutif et le pouvoir censorial, sénatorial ou
pairial.

Motif. Nous hésitons d'autant moins à proposer cet *article,* que, d'une part, ses dispositions importent essentiellement au salut de l'État, au bonheur de la France et à la
durée de la monarchie (*); et que, de l'autre, elles sont

_____

(*) Le *seul* appui du trône, le *vrai* rempart inexpugnable de la
royauté, ne consiste, ainsi que notre auguste et savant monarque l'a
déclaré lui-même, que dans UN GOUVERNEMENT REPRÉSENTATIF,
DIVISÉ EN PLUSIEURS CORPS, et non dans *la gendarmerie,* comme l'a
prétendu depuis peu l'auteur d'une brochure intitulée : *Rapport pré-
senté au Roi le 15 août 1815,* attribué à *M. le duc d'Otrante,* réfuté
par *M. Guéau de Reverseau,* chevalier de l'ordre royal et militaire
de *Saint-Louis ;* brochure qui prouve que l'auteur peut avoir de
l'esprit et des moyens, mais dans laquelle il a eu le plus grand tort,
de nous représenter le meilleur et le plus chéri des Rois entouré d'é-
cueils et de poignards ; brochure enfin qui fourmille d'inconséquences,
de contradictions et d'erreurs.

exactement calquées, ou du moins en très-grande partie, sur le § III de la déclaration du 2 mai. En effet, quoique cette loi vraiment admirable et dont on ne saurait trop faire l'éloge, n'admette, *en apparence*, que deux corps, il n'est pas moins constant qu'elle en établit trois *en réalité*; puisqu'indépendamment des deux Chambres qui forment les *deux corps*, le Monarque, en sa qualité de pouvoir exécutif ou de chef suprême de l'administration du royaume, fait incontestablement le *troisième corps* qui constitue, ainsi que les deux autres, un gouvernement *représentatif, monarchique et héréditaire;* cet argument nous paraît sans réplique.

ART. 3. Le pouvoir législatif est *exclusivement* chargé de la formation, de la rédaction et de l'interprétation des lois.

Motifs. La raison qui nous détermine à proposer cet *article* essentiel, est que cinquante ans d'étude, de réflexion, d'expérience et de calamités de toute espèce, nous ont convaincu que la réunion (*) de la puissance législative à la puissance exécutive, ne pourrait qu'occasionner tôt ou tard de nouveaux malheurs à la France. En effet, il est constant et avéré en politique ainsi qu'en physique, que l'institution de deux autorités (et de trois à plus forte raison) qui réunissent le même pouvoir, est au respect des états, ce que le concours de deux ou trois vents est à l'égard des

_____

(*) L'auteur de l'*Esprit des lois* a établi et prouvé, jusqu'au dernier degré d'évidence (liv. 2, chap. 3 et l. 11, c. 6), que la *réunion* du pouvoir législatif au pouvoir exécutif, est également attentatoire à la liberté, soit qu'elle s'effectue par la volonté du Monarque, soit qu'elle s'opère en vertu de la loi, ce qui peut-être est plus dangereux encore, ajoute Montesquieu, attendu que « le comble de la tyrannie est d'établir le despotisme par les lois. »

mers. Comme le *concours* de ces deux ou trois vents qui souf-
flent *à-la-fois*, soulève les flots, occasione les tempêtes et
cause les naufrages, de même la *réunion* de deux ou trois
autorités qui exercent *collectivement* le même pouvoir, pro-
voque le désordre, introduit l'anarchie, enfante les révolu-
tions, renverse les empires, et cause enfin toutes ces effroya-
bles catastrophes dont nous n'avons cessé, depuis 1793, d'être
les témoins ou les victimes. Pour peu qu'on en ait conservé l'af-
freux souvenir, et qu'on veuille être de bonne foi, on avouera
donc qu'il serait fort impolitique, pour ne rien dire de plus,
qu'un Roi qui, en sa qualité de chef suprême de l'état, commande les forces de terre et de mer, pût encore *concourir*
à la formation de la loi, la *proposer* et même l'*annihiler*
s'il lui en prenait fantaisie, ou plutôt à ses successeurs;
car je sais, et j'avoue, avec un vrai plaisir, que Louis-le-
Désiré en est absolument incapable. — Les réflexions qu'a
faites à ce sujet l'auteur du Contrat Social, sont si judicieuses,
que nous ne pouvons nous dispenser de les rappeler au
souvenir des Pairs de France et des Députés des départemens
qui doivent se réunir le 7 de ce mois, au palais du corps
législatif. « Celui qui commande aux hommes, a dit Rousseau,
« liv. 2, ch. 1 et 6, ne doit pas commander aux lois, parce qu'il
« ne pourrait éviter (eût-il en partage la sagesse de Marc-
« Aurele, les vertus de Caton et la justice d'Aristide) que des
« vues particulières ne lui dictassent ces mêmes lois dont il ne
« doit être que l'organe, l'exécuteur et le ministre ». Or, si *celui
qui commande aux hommes ne doit pas commander aux
lois*; si, pour me servir encore des expressions de Rousseau,
il serait impolitique et dangereux pour la liberté, que le pouvoir exécutif pût se CONFONDRE avec le SOUVERAIN, c'est-à-dire
exercer la puissance législative ou *exclusivement*, et par l'effet de sa volonté absolue; ou *collectivement*, et par l'effet de
la loi; certes, et à bien plus forte raison sans doute, la liberté serait-elle exposée à être infailliblement anéantie tôt ou

lard, si le chef suprême de l'administration générale du royaume, et qui a ce titre commande les armées de terre et de mer, veille à la sûreté intérieure et extérieure du royaume, promulgue les lois et en surveille l'exécution, avoit en outre l'inqualifiable droit de *les proposer, de convoquer chaque année les deux Chambres, de les proroger, de dissoudre celle des députés des départemens,* et même d'annuller, à défaut de *sanction,* jusqu'aux lois que les deux Chambres auraient adoptées sur sa *proposition.*

Comme l'expérience, pour notre malheur, ne vient que trop hélas ! à l'appui de ces maximes éternelles et fondamentales avouées par la raison, reconnues par tous les publicistes, et textuellement consacrées tant par la constitution de 1791, que par la déclaration *libérale et sagement combinée* du 2 mai (*), qui admet *un gouvernement représentatif* DIVISÉ *en plusieurs corps,* c'est-à-dire composé de plusieurs pouvoirs DISTINCTS et INDÉPENDANS les uns des autres ; j'ose dire et proclamer hautement avec assurance, que pour contredire des axiômes aussi sages et aussi incontestables que ceux dont il s'agit, il faudrait être de toute nécessité ou abruti par l'ignorance, ou aveuglé par la prévention, ou assoupli par le despotisme.

ART. 4. Le pouvoir exécutif est *exclusivement* chargé de faire sceller du sceau de l'Etat les décrets rendus par le Corps législatif, de les promulguer, de les envoyer aux corps administratifs et aux tribunaux, de faire certifier cet envoi et d'en justifier au Corps législatif.

(*) Il est inconcevable à tous égards, et bien affligeant sur-tout, que cette déclaration qui eût assuré à jamais le bonheur de la France, celui de Louis-le-Désiré et de tous ses successeurs, soit tombée en désuétude et dans l'oubli dès le jour même, pour ainsi dire, où elle a été promulguée.

Nota. D'après nos observations sur les deux articles ci-dessus, toute réflexion nouvelle pour établir et motiver celui-ci,
serait absolument inutile et superflue.

ART. 5. Le pouvoir censorial est exclusivement
chargé de veiller à ce qu'il ne soit porté aucune
atteinte au Pacte social, et que, sous aucun prétexte, le Corps législatif et le pouvoir exécutif,
ne puissent empiéter sur leurs attributions, droits
et priviléges respectifs.

Motifs. Le président de Montesquieu a dit dans son Esprit
des lois, *liv.* 10, *ch.* 4 : « Pour que le pouvoir ne puisse abuser
« du pouvoir, il faut que par la disposition des choses, le
« pouvoir arrête le pouvoir. » D'après ce principe lumineux
et profond, dont les malheureuses journées des 18 fructidor
an 5, 13 vendemaire et 18 brumaire an 8, nous ont appris
à apprécier la sagesse et l'importance, on convient assez
généralement aujourd'hui qu'une *troisième* autorité entre
le pouvoir législatif et le pouvoir exécutif est absolument indispensable pour les maintenir, chacun dans leur équilibre,
pour empêcher l'empiétement de l'un sur l'autre, enfin, pour
garantir la stabilité du pacte social; mais, dit - on « : Qui
« est - ce qui peut mettre d'accord d'une manière équitable
« et salutaire deux parties opposées d'intérêts, dont l'une
« veut usurper les droits de l'autre? » A cette question qui
se présente naturellement à l'esprit, je reponds avec M. As-
cension Garros (*) : « Un tiers étranger, absolument indépen-
« dant du pouvoir législatif et du pouvoir exécutif; il n'y a
« pas d'autre solution, car le juge ne doit pas être partie.
« Ainsi, continue cet estimable publiciste, les principes exi-
« gent que le corps sénatorial n'ait aucune qualité législative

(*) *Voyez* sa brochure, intitulée *Bases fondamentales de la consti-*
tution française.

« ni exécutive ; ils exigent aussi qu'il soit également hors de
« la dépendance de l'autorité qui fait la loi et de celle à
« qui l'exécution en est confiée ; » ils exigent enfin , aurait
pu ajouter M. Garros , que les fonctions du troisième corps
ne consistent *uniquement* qu'à veiller , ainsi que nous le
proposons par le présent article , à ce qu'il ne soit porté aucune atteinte au Pacte social , et que dans aucun cas , ni sous
aucun prétexte , l'autorité législative et l'autorité exécutive
ne puissent empiéter sur leurs attributions respectives.

On nous objectera peut-être qu'en Angleterre la constitution n'admet point de *troisième* pouvoir , et que dès-lors il
ne doit pas y avoir de raison pour l'établir en France , puisque le pacte social dont il s'agit passe pour un des meilleurs
de l'Europe. En réponse à cette objection assez sérieuse en
apparence , mais frivole et fausse au fond , voici les autorités
que j'oppose et les faits que j'articule ; faits importans et précieux à saisir, du moins quant au dernier , puisqu'il ne laisse
malheureusement aucun doute sur l'indispensable et urgente
nécessité de prendre en considération le présent article que je
propose. — Le premier est que la plupart des publicistes
ont pensé, et que M. David Hume est convenu lui-même, ,
dans un de ses ouvrages intitulé *Discours politiques*, que
la charte de son pays était loin d'avoir atteint le degré de
perfection qu'on lui suppose et dont elle est susceptible; le
second, qu'il règne en Angleterre une liberté indéfinie de
parler et d'écrire, à laquelle cette nation doit sa prospérité,
sa puissance et sa gloire; le troisième, que cette liberté dont
jouissent les Anglais de temps immémorial, pour ainsi dire,
constitue réellement et de fait une *tierce* autorité, médiatrice
entre le pouvoir législatif et le pouvoir exécutif : autorité si
salutaire et en même-temps si puissante, que les deux pouvoirs dont il s'agit, l'ont *toujours* également craint et res-
pecté. Le quatrième et dernier, est que tous les malheurs de
la France et l'état humiliant dans lequel nous avons le cha-

grin de la voir aujourd'hui plongée, ne proviennent que de l'irréflexion de nos législateurs, qui n'ont pas senti que pour empêcher *efficacement* les pouvoirs législatif et exécutif de sortir des limites que leur a prescrites le pacte social, il faut que, *par la disposition des choses, le pouvoir arrête le pouvoir*, c'est-à-dire qu'il y ait un *troisième* pouvoir constitutionnellement établi, et n'ayant d'autres fonctions à remplir que celles qui lui sont confiées par le présent article.

ART. 6. Il n'y a point en France d'autorité supérieure à celle de la loi : le monarque ne règne que par elle; et ce n'est qu'au nom de la loi qu'il peut exiger l'obéissance.

Motif. La disposition de cet article, calqué sur nos lois les plus sages, est en parfait *rapport* non seulement *avec les lumières actuelles*, pour me servir des expressions du libéral et magnanime Alexandre, empereur de toutes les Russies, mais encore avec les principes de Lous-le-Désiré. Ce monarque, qui « ne veut régner que par des lois justes et sages », ainsi qu'il l'a expressément déclaré, sait mieux que personne, à raison de l'étendue de ses lumières et de la supériorité de son génie, qu'un peuple libre obéit, mais qu'il ne *sert* pas (*); qu'il

---

(*) Dans une monarchie constitutionnelle dont le gouvernement est national et *représentatif*, ainsi que le nôtre ; où la *loi* est l'expression de la volonté générale, et où chaque individu a le droit, comme membre du SOUVERAIN, de concourir à cette *loi* par lui ou par ses mandataires, il nous semble qu'on ne *doit* et qu'on ne *peut* même y figurer qu'en qualité de *citoyen*, et que dès-lors le pouvoir exécutif et ses agens devraient, *à tous égards*, avoir l'attention de bannir à jamais de leurs ordonnances et de leurs arrêtés, les qualifications superbes et avilissantes de MAÎTRE et de SUJET. C'est, au surplus, avec la soumission la plus respectueuse et la résignation la plus entière que nous avons l'honneur de soumettre cette observation et toutes celles qui la précèdent, à la sagesse et aux lumières des trois premiers corps de l'Etat.

a des chefs et non des *maîtres;* qu'il obéit aux *lois,* mais n'obéit qu'aux lois ; que c'est par la force de la loi qu'il n'obéit pas aux hommes, et qu'il ne peut conséquemment être le sujet de ceux qui gouvernent, à quelque titre et sous quelque dénomination que ce soit.

ART. 7. Le Roi est le chef suprême de l'administration générale du royaume : le soin de veiller au maintien de l'ordre et de la tranquillité publique lui est confié. —Le Roi commande en chef les armées de terre et de mer. — Au Roi est délégué le soin de veiller à la sûreté du royaume, et d'en maintenir les droits et les possessions.

Motifs. Il nous semble que cet article extrait mot pour mot des 3 et 4ᵉ § de l'article Iᵉʳ du ch. ɪᴠ, tit. 3 de la Constitution de 1791, devrait être ajouté immédiatement après l'article de l'ordonnance royale du 4 juin 1814, afin de donner au peuple français une juste idée d'une *partie* des pouvoirs dont son auguste Monarque, est investi en sa qualité de pouvoir exécutif, et comme chef suprême à ce titre de l'administration générale du royaume.

ART. 8. Le Roi ne peut ni déclarer la guerre, ni faire la paix qu'en vertu d'un décret rendu (sur sa proposition formelle et nécessaire) par le Corps législatif.

Motifs. Le génie, la sagesse et les vertus *du Roi que la France a le bonheur de posséder aujourd'hui* (*), nous sont de sûrs garans que le Monarque auguste et pacifique

_____

(*) Ces expressions soulignées sont extraites ou plutôt traduites d'une lettre latine dont Pie VII, souverain pontife, a bien voulu nous

qui nous gouverne, n'entreprendra jamais des guerres
extravagantes, injustes et populicides ; *son génie, sa sagesse
et ses vertus* nous assurent et nons garantissent également
que Sa Majesté n'acquiescera jamais à des traités de paix,
d'alliance et de commerce qui seraient aussi préjudiciables
à l'Etat qu'humilians pour les vingt-huit millions de citoyens
qui le composent ; mais comme un *vrai* Pacte social, doit
stipuler les grands intérêts des générations présente et fu-
ture, que malheureusement pour la France, Louis-le-Désiré
payera tôt ou tard le dernier tribut à la nature, ainsi que
tous les autres mortels ; et qu'il serait possible que quelques-
uns de ses successeurs fussent atteints de la manie des
conquêtes ; nous croyons fermement, d'après les raisons
que nous venons de déduire, qu'il serait convenable et
même *très-nécessaire* que l'article 14 de l'ordonnance royale
du 4 juin 1814, fut modifié de la manière que nous le proposons, quant à ce qui concerne le droit que cet article 14
donne à Sa Majesté de *déclarer la guerre.*

Il est une vérité constante et qu'on serait inexcusable de
taire à un Monarque bien digne assurément de l'entendre,
puisque lui-même nous a dit dans sa déclaration du 9 mai
1814 : « Français, vous entendez votre Roi, et il veut à son
« tour que votre voix lui parvienne..... » Il est, dis-je, une
vérité constante et dont vingt-trois ans de calamités ne nous
ont, hélas ! que trop bien convaincus, je le répète ; c'est
« qu'un peuple qui peut être entraîné dans une guerre contre
« sa volonté, est réellement et virtuellement esclave, ainsi
« que l'a très-judicieusement observé depuis peu un des pu-

---

honorer le 23 juillet de l'année dernière. lettre dans laquelle S. S.
nous a marqué, au sujet des quatre brochures que nous avons publiées
dans les mois d'avril, mai et juin précédens : « *Ad quæ scribenda,
tuus pro religione zelus, tua que in regem quo gallia nunc beatur,
devotio te impulit : hos præclaros animi tui sensus summopere lauda-
mus dilecte sili,* etc. »

« blicistes les plus instruits de l'Europe; ce point est si im-
« portant, ajoute cet écrivain distingué, que l'existence des
« nations en dépend. » Il serait donc bien essentiel, conclud
l'auteur, que « des restrictions fussent imposées à cet égard
« au pouvoir exécutif dans *tous* les pays; elles seraient con-
« formes à la justice et à l'humanité, et contribueraient plus
« efficacement au bonheur et au repos de l'Europe que
« toutes les coalitions passées, présentes et futures. »

Je ne sais si je m'abuse ou si l'imagination me séduit; mais
j'espère que les pairs de France et les députés des départemens prendront en considération ces vérités *majeures* que
nous avons extraites, mot pour mot, d'une lettre que Thymo-
thy Trueman a écrite le 26 mai de l'année dernière à l'éditeur
du Statesman, et que le moniteur a insérée en entier dans
un de ses numéros, dont j'ai oublié la date. Je les en conjure
avec d'autant plus d'instances qu'ils le doivent, j'ose le dire,
s'ils ont à cœur, comme je n'en puis douter, que désormais
leurs concitoyens et leurs commettans ne soient plus exposés
à être, ou immolés eux, leurs enfans et tous ceux nés et à
naître dans des guerres offensives, quelquefois extravagantes
et sans objet, comme celle de Moscou, souvent injustes et sa-
crilèges, et *toujours* la cause plus ou moins prochaine de la
ruine et du renversement des empires; ou avilis par des traités de paix, d'alliance et de commerce aussi préjudiciables à
l'état qu'humilians pour ses membres.

ART. 9. Le Roi nomme le chancelier, le con-
nétable, ving-cinq censeurs, les ministres, les
ambassadeurs, les conseillers d'Etat, les maré-
chaux de France, les amiraux, les généraux, les
commissaires auprès des tribunaux, et les princi-
paux agens du trésor public, ainsi que les prépo-

★

sés en chef aux régies des contributions et à l'administration des domaines nationaux.

Motifs. Nous croyons qu'il est juste et dans l'ordre des con-
venances honorifiques, que le chef suprême de l'état nomme
exclusivement aux places éminentes énoncées et désignées dans
le présent article ; nous croyons encore qu'il convient que les
« Membres de la famille royale et les princes du sang soient
« censeurs ou pairs de France, et qu'ils siégent immédiate-
« ment après le président », ainsi que l'ordonne l'article 3o de
la Charte constitutionnelle du 4 juin 1814; nous croyons enfin
qu'il convient également que le Roi ait la faculté d'élever à la
dignité de censeur, et jusqu'au nombre de vingt-cinq, les personnes que Sa Majesté en jugera les plus dignes ; mais il nous
semble que les censeurs ou pairs de France, les présidens des
colléges électoraux, les juges et tous les fonctionnaires publics,
autres toutefois que ceux dénommés au présent article, ne
devraient pas être nommés par le Roi.

En émettant cette opinion, que la justice la vérité et l'honneur national nous font un devoir *impérieux* (*) de consigner
dans cet essai ; qu'il nous soit permis de lui donner la centième
partie du développement dont elle serait susceptible.

Nous avons prétendu, premièrement, qu'à l'exception de
vingt-cinq censeurs ou pairs de France, la nomination des
autres censeurs (dont on pourrait fixer le nombre à deux par
département) ne devrait pas appartenir au Roi ; et c'est pour
convaincre de la justesse et de la vérité d'une pareille assertion,

---

(*) Justice et vérité, a dit Rousseau dans son *Discours sur les causes
de l'inégalité des conditions*, voilà les premiers *devoirs* de l'homme ;
humanité, patrie, voilà ses premières affections : toutes les fois que
des ménagemens particuliers lui font changer cet ordre, il est coupable. Puis-je l'être en faisant ce que j'ai du ? Pour me répondre, il faut
avoir une patrie à servir, et plus d'amour pour ses *devoirs* que de
crainte de déplaire aux hommes.

tout homme de bonne foi et véritablement ami d'une *saine* politique et d'une liberté *pure*, que nous allons rapporter ce qu'à dit à ce sujet, l'année dernière, l'auteur d'un ouvrage intitulé *Réflexions nouvelles sur l'Ordonnance de réformation du 4 juin* 1814.—«Statuer que les pairs sont simplement à vie, « ce serait déjà, dit M. Duchêne, les mettre dans une trop « grande dépendance du Roi ; ce serait les exposer à ramper « devant le trône, pour obtenir l'insigne faveur de déléguer « une place distinguée à leurs enfans ; ce serait les mettre dans « la pénible alternative d'être mauvais pères ou mauvais ci- « toyens. Mais statuer qu'ils seront, au gré du Roi, pairs à « vie ou héréditaires, c'est mettre le comble à la mesure, c'est « mettre dans la main du Monarque un moyen de corruption « d'autant plus redoutable qu'il sera moins prodigué....C'est « enfin courir le risque de voir la nation devenir victime d'une « aussi dangereuse coalition. »

Nous avons soutenu, en second lieu, que le Roi devait s'abstenir également de nommer les présidens des deux chambres, et sur-tout ceux des colléges électoraux; et certes, il n'est personne qui puisse sérieusement révoquer en doute cette seconde assertion, puisque si on laissait subsister les articles 29 et 43 de l'ordonnance royale du 4 juin, et notamment l'article 41 relatif aux *présidens des colléges électoraux*, ce serait évidemment et *constitutionnellement* décréter en principe, que des électeurs, doués pour la plupart de talens ou de vertus, et jugés dignes par leurs concitoyens de les représenter, sont absolument incapables, à défaut de discernement et de raison, de se choisir eux-mêmes leurs présidens.

Nous avons prétendu, en troisième et dernier lieu, qu'il conviendrait que les corps électoraux nommassent à toutes les places du royaume, à l'exception toutefois de celles désignées et expliquées précédemment; et c'est ce que nous démontrerons bientôt en déduisant les *motifs* de l'article que voici.

ART. 10. Les colléges électoraux nomment tous

les fonctionnaires publics de l'Etat, excepté néan-
moins ceux dont il est fait mention dans l'article
précédent.

Motifs. Depuis l'avènement de Buonaparte au consulat,
jusqu'au moment où son orgueil, son ambition et son despotisme l'ont précipité du trône et fait le malheur de la
France, nous avons publié une vingtaine de brochures ou
de *rapsodies*, si l'on veut, dans lesquelles nous n'avons cessé
de dire « qu'il était naturel, juste et convenable à tous
« égards, de restituer au peuple français le droit inaliéna-
« ble et sacré qu'il a de nommer à toutes les places de l'Etat. »
Ces vérités, que nous avons eu la hardiesse de dire jusqu'à
deux fois (*) à Buonaparte lui-même, c'est-à-dire au plus
absolu des despotes, nous aurons l'honneur de les répéter à
un monarque auguste et paternel qui, pour me servir de
ses propres expressions *rapproche également tous les Français de son cœur* (**), et de soumettre en même temps à ses
lumières vastes et profondes, les motifs qui nous enhardissent
à supplier Sa Majesté de prendre en considération le présent
article. Le premier de ces motifs est, comme l'a dit Montesquieu en son *Esprit des lois*, liv. 2, ch. 2 : « Que le
« peuple est admirable pour choisir ceux à qui il doit con-
« fier quelque partie de son autorité, et qu'il connaît bien
« mieux les personnes capables de remplir telle ou telle
« place, qu'un monarque dans son palais ; »—le second, que
les ministres se trouveraient alors débarrassés de cette multitude innombrable de solliciteurs et de solliciteuses qui ne
cessent d'obstruer les corridors et les antichambres de leurs
palais, de les importuner journellement de vive voix ou par
écrit, et de leur dérober ainsi des momens précieux que

(*) Voir à ce sujet les épîtres dédicatoires que nous avons publiées
les 10 mars 1802 et 9 mai 1815.

(**) Déclaration du 9 mai 1814.

leurs excellences consacreraient sans doute au bonheur de l'Etat et à celui de son monarque ; — le troisième et dernier motif est qu'il n'y auroit pas de meilleur et de plus sûr moyen soit pour élaguer des places tous les intrigans, qui n'ont jamais été plus nombreux qu'aujourd'hui, et dont la suffisance et la bassesse font tout le mérite ; soit pour forcer les ambitieux même à acquérir des talens et des vertus, à l'effet de s'attirer la considération de leurs concitoyens ; soit pour mettre les hommes dans la nécessité d'avoir des mœurs et de faire le bien public *pour leur intérêt personnel;* soit enfin pour attacher davantage tous les citoyens à leur patrie, à leur Roi, et faire renaître en eux l'amour de toutes les vertus civiques, qui malheureusement, hélas ! et quoiqu'en puisse dire l'éditeur du *Rapport attribué à M. le duc d'Otrante,* est éteint dans presque tous les cœurs.

ART. 11. Nul citoyen n'est dispensé de contribuer aux charges de l'Etat, en raison de la fortune ou du revenu dont il jouit.—Les contributions publiques sont de trois sortes : foncière, personnelle et philantropique. — Le corps législatif a le droit d'élever le montant des deux premiers impôts à telle somme que les besoins de l'Etat l'exigent; mais il ne peut créer d'autres subsides que ceux ci-dessus désignés. — Tout citoyen imposé sur les rôles des contributions foncière ou personnelle, et qui, à quelque titre que ce soit, jouit d'un revenu de 1,000 francs et plus, est imposé de plein droit, et par ce seul fait, sur le rôle de la contribution *philantropique,* et imposé, en sus, du montant de ses cottes foncière ou personnelle ; savoir : à un trentième, depuis 1,000 jusqu'à 2,000 ; un vingtième,

depuis 2,000 jusqu'à 5,000 ; un dixième, depuis
3,000 jusqu'à 6,000 ; un neuvième, depuis 6,000
jusqu'à 12,000 ; un huitième, depuis 12,000 jusqu'à 20,000 ; un septième, depuis 20,000 jusqu'à
4,000 ; un sixième, depuis 4,000 jusqu'à 5,000 ;
un cinquième, depuis 50,000 jusqu'à 100,000, et
un quart depuis 100,000 jusqu'à telle autre somme
plus considérable à laquelle pourront s'élever les
cottes foncière et personnelle des contribuables.

Motifs. Aucun Etat ne peut se passer d'impôts ; c'est une
vérité si sensible, si palpable et si constante, qu'il faudrait
être le plus faux, le plus sot ou le plus fou des hommes pour
la combattre ; mais il nous semble que dans quelqu'Etat que
ce soit, et à plus forte raison sous les gouvernemens cons-
titutionnels et représentatifs, il devrait être expressement
défendu, ainsi que nous le proposons par le présent article,
d'établir ou de laisser subsister des impôts odieux et néces-
sairement vexatoires, tels que ceux d'*octroi, douane, passe-
navigation* et autres subsides de ce genre. On nous objectera
sans doute que « les contributions dont il s'agit, procurent à
« l'Etat des sommes plus considérables qu'on ne pense, et
« qu'il serait bien difficile de les remplacer. » Mais nous ré-
pliquerons, avec avantage, que s'il faut à l'Etat des sommes
considérables pour subvenir à ses dépenses, on peut, sans
gêne, sans contrainte et sans vexation, lui en procurer de
bien plus fortes encore, et par des moyens justes et légi-
times, en adoptant nos articles 11 et 12.—Plus l'homme équitable et vraiment ami du bien public, réfléchira sur ces articles qui ne peuvent exciter l'improbation que des égoistes,
et de tous les ennemis du bien public et de l'humanité ; et plus
il lui sera facile de se convaincre de l'importance qui résul-

terait infailliblement de leur prompte adoption :—le premier,
serait de répartir la masse totale des impôts, d'une manière
vraiment proportionnelle et conforme aux principes de la
raison, de la justice et de l'humanité, opération très-facile
et toute simple, mais dont malheureusement on n'a pas
encore eu la moindre idée jusqu'à ce jour; — la seconde, de
faire disparaître *enfin*, jusqu'au dernier vestige de ces tributs
impolitiques et onéreux qui ne frappent, en dernier résultat,
que sur les citoyens les plus utiles à la société, et les moins
favorisés de la fortune; — la troisième, de procurer à l'Etat
des sommes beaucoup plus considérables que celles qu'il
perçoit aujourd'hui, et le mettre à même de faire honneur
à toutes ses dépenses, d'acquitter toutes ses charges, et d'assurer le paiement de la dette publique; — le quatrième, de
tenir à un taux bas et raisonnable, l'intérêt de l'argent et le
prix de toutes les choses commerciales et usuelles de la vie;
—le cinquième, de mettre un frein au luxe, en corrigeant les
abus et adoucissant les rigueurs qu'entraîne et nécessite l'indispensable inégalité dans les fortunes; — le cinquième, de
venir au secours des malheureux, et d'extirper jusqu'au dernier germe de la mendicité; — le sixième, de favoriser puis-
samment la population, l'agriculture, le commerce et l'industrie; — le septième, de maintenir avec les bonnes mœurs
le respect pour les lois, et d'inspirer l'amour de la patrie:—oui,
nous le proclamons hautement, au risque d'encourir de
nouveau le ressentiment, la haine et la vengeance de tous
ceux que la soif brûlante et inextinguible des richesses et des
dignités, dévore, brûle et consume; oui, la France, malgré la
situation déplorable, à bien des égards, où elle se trouve aujourd'hui, serait, avant deux ou trois ans, aussi heureuse
et florissante que possible, si le Roi, les pairs et les députés
des départemens jugeaient à propos, dans leur sagesse, de
prendre en considération le présent article et le subséquent.

ART. 12. Le montant de la contribution philantropique est spécialement consacré à l'acquit
de la dette publique et au soulagement de l'humanité souffrante et malheureuse.—Les fonctionnaires publics qui se trouveront privés de leurs
places par l'effet de la suppression des impôts in-
directs, conserveront leur traitement en entier ou
en partie dans la proportion suivante : savoir, la
totalité depuis 100 fr. jusqu'à 500 ; les quatre cin-
quièmes depuis 500 jusqu'à 1,000 ; les trois quarts
depuis 1,000 jusqu'à 2000 ; la moitié depuis 2,000
jusqu'à 3,000 ; le tiers depuis 3,000 jusqu'à 6,000.
Quant aux autres fonctionnaires qui perdront également leur emploi, et dont le traitement s'élève
à 6,000 fr. et plus, le maximum de leur pension
ne pourra excéder 3,000 fr.

Nota. Les dispositions de cet article étant conformes aux
principes de justice que l'auteur de la nature a gravés en carac-
tères ineffaçables au fond de nos cœurs, nous ne nous arrête-
rons point à les *motiver;* mais nous prierons le chef suprême
de l'état, et les honorables membres qui composent le gouvernement *représentatif,* de peser dans leur sagesse s'il ne
serait pas juste d'ordonner qu'à l'avenir aucun fonctionnaire
public ne pût être destitué ou privé de son emploi, qu'en
vertu d'un jugement rendu par les tribunaux, ou par l'effet
de la loi.

ART. 13. Il est accordé une pension à chaque
émigré et à chaque enfant des père et mère qui
ont péri dans la révolution, et dont les biens ont
été confisqués et vendus. — Le *maximum* de cette

pension ne peut ni s'élever au-dessus de 1,200 fr.,
ni descendre au-dessous de 1,000 fr.

Motifs. Ami de la vérité, jaloux de lui rendre hommage,
et incapable de mettre une sourdine à ma conscience, je ne
dissimulerai pas qu'*en-général,* les émigrés ont eu bien des
torts, que leurs apologistes parviendraient difficilement à
justifier ; mais ils sont malheureux, mais ils ont reçu le jour
dans la même patrie que celle qui nous a vu naître ; et comme
tous ses enfans sont humains, sensibles et généreux, je
suis très-convaincu, sous tous ces rapports, qu'ils réuni-
ront leurs vœux aux miens, pour que les premiers déposi-
taires de l'autorité publique veuillent bien prendre en considération le présent article, que je prends la respectueuse liberté
de soumettre à leurs lumières, à leur justice, à leur bienfai-
sance, et qui me semblerait devoir être placé entre l'article 9
de la Charte constitutionnelle qui déclare que *toutes les pro-
priétés sont inviolables ;* et l'article 10, qui porte que *l'état
peut exiger le sacrifice d'une propriété,* etc.

OBSERVATIONS ET DISPOSITIONS GÉNÉRALES.

Après avoir ébauché l'esquisse de quelques articles dont il
nous semble que les dispositions pourraient servir à interpréter,
modifier et amender celles des articles 14, 15, 16, 27, 29,
41, 48, 49, 50 et 71 de l'ordonnance royale du 4 juin 1814,
nous croyons devoir terminer cet *essai* en suppliant Sa Majesté,
les pairs de France, et les députés des départemens, à qui
nous avons l'honneur d'en offrir le respectueux hommage, de
peser dans leur sagesse s'il ne conviendrait pas, avant tout,
que dans le préambule de la Charte constitutionnelle du 4
juin 1814, et immédiatement après ces mots « Louis, par la
« grace de Dieu Roi de France et de Navarre, (*il fût ajouté*)
et « par la constitution de l'État (*)» ; *s'il ne conviendrait pas*

(*) Si nous n'avons cessé depuis le mois d'avril 1814 jusqu'à ce jour, de remplir les lacunes que nous avons été bien étonnés, ainsi que la plupart de nos concitoyens, d'apercevoir dans l'ordonnance royale du 4 juin 1814, qui ne s'explique nullement ni sur *les devoirs du citoyen*, ni sur *les droits de l'homme*, ni sur *la distinction et l'indépendance des pouvoirs*, ni *sur les cas de régence et de minorité*, ni sur *les relations extérieures*, ni sur *la force armée*, ni sur *l'instruction publique*, ni sur *l'unité monétaire*, ni sur *l'uniformité des poids et mesures*; ni sur une infinité d'autres objets non moins importans, sur lesquels l'ordonnance royale en question garde le plus profond silence, et qui, certes, méritaient bien d'y figurer. — *S'il ne conviendrait pas* d'insérer dans la Chàrte constitutionnelle du 4 juin 1814, des définitions justes, exactes et précises de ce qu'on entend, ou plutôt de ce qu'on devrait entendre par ces mots *égalité, sûreté, propriété, garantie, responsabilité, loi, patrie, liberté*, mots si doux aux oreilles et si chers à mon cœur. — *S'il ne conviendrait pas* de créer et d'établir un mode d'élection moins abusif que celui qu'avait imaginé le plus machiavel des despotes, pour des raisons à lui très-connues, mais justement dédaignées par un monarque instruit, libéral, et qui ne veut pas sans doute que la *représentation nationale* ne soit qu'un être de raison, c'est-à-dire une pure et vraie chimère. — *S'il ne conviendrait pas* de modifier l'article 37 de l'ordonnance royale du 4 juin, qui porte : « Aucun député ne peut être admis dans la chambre, « s'il n'est âgé de quarante ans, et s'il ne paie une contribution « directe de 1000 francs », et de remplacer cet article par un autre qui pourrait être conçu et rédigé à peu près en ces termes:

---

de réclamer en faveur de l'*addition* naturelle, légitime et honorable dont il s'agit, c'est parce qu'elle est avouée par la raison, consacrée par nos lois, et sur-tout ardemment désirée par les *vrais* amis du Roi, et de toutes les *institutions fortes, libérales et en rapport avec les lumières actuelles* que son admirable déclaration du 2 mai avaient consacrées.

« Tout citoyen parvenu à l'âge de vingt-cinq ans est éligible
« aux places de législateur et de censeur, quelque soit le mon-
« tant des impots auquel il est cottisé (*). — *S'il ne conviendrait pas* de développer les sages et judicieuses dispositions
de l'article 35 de la Charte constitutionnelle du 4 juin 1814
ainsi conçu : « La chambre des pairs connaît des crimes
« de haute-trahison et des attentats à la sûreté de l'état » ; et
d'ajouter à la suite de cet article, infiniment sage, je le ré-

---

(*) Il est bon sans doute, en thèse générale, de n'accorder l'entrée
aux places publiques qu'aux citoyens intéressés à l'ordre social, par
le besoin de conserver des biens fonds ; mais ce principe ne doit pas
servir de base absolument exclusive à la règle d'éligibilité à toutes les
fonctions publiques et particulièrement aux deux premières, c'est-à-
dire à celles de législateur et de censeur. Pour apprécier ce principe
à sa juste valeur, il faut le considérer sous son véritable aspect, et
alors on verra qu'il ne doit être pris que comme une considération
secondaire : les talens et les vertus, voilà les conditions essentielles ;
car la fortune, loin d'être la mesure du mérite, le repousse généralement plus qu'elle ne le produit. La richesse, comme l'a très-bien
observé M. Garros, page 28 de sa brochure intitulée *Bases fondamentales de la constitution française,* ne donne le plus souvent que la soif de
l'ambition, le désir et les moyens de commettre des crimes pour assou-
vir cette passion si dangereuse pour la tranquillité des peuples et celle
des rois. Est-il donc sans exemple dans notre histoire, que les plus
riches n'aient été les plus disposés à trahir les intérêts de l'Etat et du
trône ? Combien de fois n'ont-ils pas commis les plus grandes lassesses
et les plus criminelles pour s'élever ou s'enrichir davantage ? Personne
n'ignore que les cabinets ennemis de la France, ayant eu le tarif de la
conscience de nos ministres, ont *plus d'une fois* acheté notre avilis-
sement, la destruction de nos manufactures et la ruine de notre commerce. Concluons donc de ces vérités, extraites mot pour mot en
quelque sorte de la brochure précédemment citée, et bien faites à tous
égards pour donner à réfléchir, concluons, dis-je, qu'il serait sage et
convenable tout à la fois de décréter que désormais la vertu, accom-
pagnée de talens, pourra être une des principales conditions d'éligibilité, quant aux fonctions législatives et censoriales *seulement.*

pète, quelques dispositions, qui tendraient à définir avec
justesse, et de préciser avec exactitude les cas où l'on se rend
réellement et effectivement coupable *des crimes de haute-
trahison et des attentats à la sûreté de l'Etat.* — S'IL NE
CONVIENDRAIT PAS d'établir *enfin* ce que, depuis le 18 brumaire au 8, on n'a cessé de promettre aux Français, et ce qu'on
ne leur à jamais tenu; je veux dire une VÉRITABLE garantie (*)
contre tous les abus de pouvoir; et de décréter, à cet effet,
un article qui pourrait être conçu et rédigé à peu près en ces
termes : « Toute infraction à la loi, toute prévarication, tout
« abus d'autorité commis par un fonctionnaire public, ou par
« tout autre agent principal et inférieur du gouvernement et
« de l'administration civile et militaire, salarié ou non sa-
« larié, seront punis de deux ans de fer, et d'une amende
« évaluée au tiers des biens du condamné. » — *S'il ne conviendrait pas* de donner une VÉRITABLE garantie à la liberté individuelle des citoyens, en ajoutant à l'article infiniment sage et libéral de la Charte du 4 juin 1814, quelques
nouvelles dispositions qui pourraient être ainsi conçues :
« La maison de chaque citoyen est un asile inviolable et
« sacré; nul n'a droit de s'y introduire, pendant la nuit,
« que dans les seuls cas d'incendie ou de réclamation faite,
« et de plainte portée par les personnes qui habitent la
« maison. — La loi n'autorise que dans le jour l'exécution
« des ordres émanés des autorités constituées. — Il est ex-

(*) Le mot *garantie* ne sera toujours que ce qu'il a été depuis la
promulgation des lois *organiques* de Buonaparte ; c'est-à-dire un être
de raison, ou plutôt du charlatanisme véritable et de la jonglerie
toute pure, tant que le pacte social ne contiendra que des dispositions
illusoires, évasives, et semblables, en un mot, à celles qu'avaient très-
machiavéliquement imaginées, Buonaparte et ses visirs, par leur *acta*
asiatique et plus qu'impérial du 2 avril dernier, contre lequel nous
avons *publiquement* protesté les 24 et 30 du même mois.

« pressement défendu d'arrêter ou d'incarcérer un citoyen,
« sans que le cas de son arrestation ou de sa détention soit
« prévu par la loi ou expressément consigné dans le man-
« dat d'arrêt dont on ne peut se dispenser de lui donner
« copie. — Toutes rigueurs employées dans les arrestations
« détentions ou exécutions, autres que celles prescrites par
« la loi, sont des crimes. — Tout individu légalement arrêté
« peut et doit être mis en liberté, pourvu qu'il fournisse
« caution, dans tout état de cause où il paraît que la peine
« capitale ne peut être infligée au détenu. » — « Le juge,
« huissier, et tout officier de justice ou de police qui con-
« treviendrait à ces dispositions, seront punis comme coupa-
« bles de détention arbitraire. » — *S'il ne conviendrait pas* de
donner également une VÉRITABLE garantie à la liberté de la
presse, et d'empêcher à l'avenir l'ignorance ou la mauvaise
foi, d'incidenter, pointiller et ergoter sur des mots ; soit en
déterminant d'une manière exacte et précise, les cas où un écrivain peut être raisonnablement et justement prévenu d'avoir
abusé de la liberté *de publier et de faire imprimer ses pen-
sées* ; soit en astreignant tout auteur à décliner (ainsi que nous
l'avons fait dans nos dernières brochures) en tête de son ouvrage, les noms et prénoms qu'il porte, l'état ou la profession
qu'il exerce, et le lieu qu'il habite ; soit enfin en établissant
un *bureau de censure* LIBRE *et* VOLONTAIRE ; et en décrétant
que tout écrivain qui, avant l'impression et la publication de
son ouvrage, aura bien voulu le soumettre à l'un des membres du *bureau* dont il s'agit, ne pourra dans aucun temps,
dans aucun cas, ni sous aucun prétexte, être inquiété, recher-
ché et poursuivi à raison de l'ouvrage qu'il aura fait paraître.
— *S'il ne conviendrait pas* d'interdire la cumulation des places
et des emplois, et de décréter que tout législateur, tout censeur appelé par le pouvoir exécutif à remplir quelque fonction
que ce soit et qui les acceptera, cessera, à dater de ce moment,
d'être membre du corps législatif et du corps censorial. — *S'il*

ne conviendrait pas, par suite des mêmes principes, de modifier l'article 54 de la Charte constitutionnelle du 4 juin, et
de l'amender en ces termes : « Les ministres ont leur entrée
« dans l'une ou l'autre Chambre, et doivent être entendus
« quand ils le demandent ; mais ils ne peuvent être membres
« du corps législatif et du corps censorial » — *S'il ne conviendrait pas* de ne reconnaître et de n'admettre d'autre
noblesse que celle de la famille régnante, des talens et des
vertus. — *S'il ne conviendrait pas* de prendre en considération une brochure qui a paru l'année dernière : *Sur l'état
de la domesticité en Europe*, par M. Grégoire, ancien
évêque de Blois, et de décréter une partie des vérités reli-
gieuses, morales et philantropiques dont fourmille cet ouvrage, déjà traduit dans presque toutes les langues, et bien
fait assurément pour l'être, puisque tout y est marqué au
coin de l'érudition et du génie qui caractérisent et distin-
guent toutes les productions de son modeste et savant auteur ; — *S'il ne conviendrait pas* de défendre aux filles publiques, sous peine de cinq ans de détention, de paraître en-
tièrement décolletées, nues, pour ainsi dire, et sous divers
costumes plus indécens les uns que les autes, soit aux spec-
tacles et aux promenades, soit dans tous les autres lieux publics ; soit enfin dans les rues où ces créatures déhontées
poussent l'impudeur, l'effronterie et l'audace jusqu'à *raccro-
cher* les passans, même en plein jour. — *S'il ne conviendrait
pas* enfin de supprimer les loteries, dont l'impolitique et per-
nicieuse institution ne tend, en dernier résultat, qu'à dé-
shonorer les gouvernans, démoraliser les gouvernés, faire
le malheur, la honte et l'opprobre d'une multitude innombrable de familles, et multiplier ainsi, d'une manière ef-
froyable, le nombre des vols, des suicides, des assasinats et
des crimes de toute espèce, que les *loteries* font commettre
journellement à Paris et par-tout ailleurs.

En prenant la très-respectueuse liberté de soumettre cette

dernière réflexion et celles qui la précèdent à la sagesse et aux lumières du Roi, des pairs de France et des députés des départemens, nous déclarons, affirmons et protestons, à la face du ciel et de la terre, que le *seul* motif qui nous détermine à publier et à mettre au jour l'essai qui les renferme, c'est parce que nous avons la conviction la plus intime qu'elles importent essentiellement au salut de l'état, à l'honneur de la nation, à la liberté publique et au bonheur de la France, ainsi qu'à celui de notre auguste Monarque et de ses successeurs. Nous déclarons, affirmons et protestons encore que si, par impossible, ou du moins contre notre attente, Sa Majesté, les pairs de France et les députés des départemens jugeaient à propos de n'y avoir aucun égard, et même de jurer obéissance et soumission à l'ordonnance royale du 4 juin 1814, sur laquelle Buonaparte, Regnaud de Saint-Jean-d'Angély, Benjamin de Constant et plusieurs autres de ses visirs ont *exactement* calqué les articles 1, 2, 3, 4, 5, 6, 17, 18, 19, 20, 21, 22, 23, 24 de leur *acte* (*) additionnel aux constitutions de l'empire; nous protestons et jurons également d'avoir l'*obéissance* la plus aveugle, et la *soumission* la plus entière pour l'ordonnance royale du 4 juin 1814 : nous déclarons, affirmons et protestons qu'en publiant ce dernier opuscule, nous n'avons, *en notre ame et conscience*, ainsi que nous l'avons précédemment observé, d'autre intention, d'autre objet et d'autre but que d'offrir à nos représentans une simple ébauche et un aperçu, très-imparfait sans doute,

---

(*) Cet acte infâme (observe avec autant de raison que d'énergie, l'auteur d'une brochure intitulée : *Relation de la bataille de Mont-Saint-Jean*), qui, en découvrant sans réserve l'intention de faire légaliser un régime de domination *purement despotique*, aurait dû vouer à l'exécration publique le dictateur qui avait l'audace de le présenter comme libéral, fut admis servilement par ceux qui, en affectant de parler le langage de l'indépendance, n'étaient au fonds que de passifs interprètes de la volonté du *maître*.

des seuls et vrais moyens qui nous paraissent propres à rendre avant peu la France *libre, heureuse* et *florissante*. Ah ! qu'ils seraient injustes à notre égard, ou du moins combien ils se tromperaient grossièrement ceux qui, par malice ou par quelqu'autre motif qu'il serait trop affligeant de chercher à approfondir, pourraient être assez *charitables* pour nous supposer gratuitement quelqu'arrière pensée ! Que gagnerions-nous en effet à mentir à notre *conscience*, ou à chercher à induire nos concitoyens en erreur ; nous, que les infirmités assiégent, dont la carrière, heureusement, s'avance, et pour qui, d'un instant à l'autre, l'horloge de la vie peut sonner la dernière heure ; nous qui, passionné, dès l'âge le plus tendre, pour le bien public, lui avons constamment et depuis plus d'un demi siècle, fait avec plaisir le sacrifice de nos veilles, de notre fortune et de notre liberté, ce bien le plus cher et le plus précieux de tous, après l'honneur et la vie ; nous qui, vivant dans la solitude, et étranger, pour ainsi dire, au monde, n'avons de relation, dans la plus exacte vérité, qu'avec un pair de France, un prélat et un député des départemens, on ne peut pas plus recommandables par la supériorité de leur génie, l'éminence de leurs vertus et l'héroïsme du très-grand caractère qu'ils ont développé dans les circonstances les plus critiques, et qui sans doute ne nous honorent de leur estime, qui nous est infiniment chère, que parce qu'ils connaissent depuis long-temps la droiture de nos intentions et la pureté de nos motifs ; nous enfin, et pour tout dire d'un seul mot, qui n'avons jamais pu concevoir comment et par quel motif on peut être assez lâche, assez vil et assez méprisable pour préférer le langage de la flagornerie, du machiavélisme et de l'imposture, à celui de l'éternelle vérité, qui p............ssement des empires, survit à leur chute et............ge.

DE L'IMPR...... G...DENTU ;

Et se trouve ch.......aut..........e de.......vres, n° 115.

www.ingramcontent.com/pod-product-compliance
Lightning Source LLC
Chambersburg PA
CBHW061631180626
46818CB00005B/2322

* 9 7 8 2 0 1 9 5 3 6 3 4 3 *